U0052546

哇！成語

原來很有趣

2 歷史故事篇

作者／鄭軍　繪者／鍾健、蘆江

如何使用本書？

　　成語是傳統文化的沉澱與精華，也是語文學習很重要的部分，為了使學習和閱讀更有效，本書根據小讀者的閱讀習慣和興趣規劃不同的單元，以期達到「喜歡看、記得住、會使用」的效果。

明修棧（ㄓㄢˋ）道，暗渡陳倉

　　秦朝末年，項羽和劉邦聯合，準備推翻秦二世，他們約定誰先攻入關中，誰就當關中的王。後來劉邦先攻入關中，按照兩人之前的約定，劉邦應成為關中之王，沒想到項羽卻變卦了。項羽心想：劉邦有什麼本事？不過就是一個小小的亭長出身！於是他便有了殺劉邦的想法。

　　劉邦向項羽賠禮道歉，說：「大王，我會先進入關中，完全是靠運氣，我怎麼敢稱王呢？」看他認錯，項羽也心軟了，就封劉邦為漢王，打發他走。

　　劉邦的封地在四川，四周被大山圍繞，在當時到哪裡都不方便。劉邦很快前往四川後，把秦嶺的棧道燒掉，以此向項羽表明「再也不會回去」的心意，項羽果然相信了。劉邦在漢中休養生息，決定推翻項羽。他的大將韓信派出老弱殘兵復燒毀的棧道，做出要從這裡進攻關中的樣子，項羽聽說後哈哈大笑，認為這種修法好幾年也修不好。其實韓信只是表面上大張旗鼓修復棧道，暗地裡卻派重兵通過陳倉道翻越秦嶺，一舉攻占陳倉，然後順勢東下，攻下咸陽。項羽醒悟以後，明白大勢已去，最終在烏江自盡。

8

地圖中是什麼？

　　根據成語中的歷史事件所處的朝代繪製當時的地圖，並註明今天對應的地名，讓小讀者了解故事發生的朝代與地點，達到時間與空間的對應。

故事裡有什麼？

　　用詼諧幽默的文字為小讀者講述成語的來源，並且搭配生動活潑的插圖，讓他們一下子就能將成語融會貫通。而且，透過有趣的故事，更能激發小朋友學習成語的興趣。

「爆笑成語」的作用是什麼？

「爆笑成語」是以小讀者的日常生活體驗作為場景，讓他們在具有趣味性的對話中再次加深對成語語境的理解，並且在笑聲中學會成語的運用。

「成語小學堂」是介紹什麼？

「成語小學堂」是介紹小讀者感興趣的成語延伸知識，例如歷代名人、成語故事背景、地方見聞，並且搭配插圖，以便更加理解內容。

插圖畫什麼？

配合書中內容所繪製的精美插圖，重現了故事中的歷史場景，加深小讀者對故事的理解！

生僻字注音

注音隨文排版，讓小讀者閱讀內容時能更加順暢。

前 言

　　讀史可以使人明智，鑑以往可以知未來。司馬光寫《資治通鑑》，目的就是「鑑於往事，有資於治道」。唐太宗李世民說過：「夫以銅為鏡，可以正衣冠；以史為鏡，可以知興替；以人為鏡，可以明得失。」歷史就是一面鏡子，映射出人類的醜惡美善，記錄著國家的興盛衰亡，反映出民族的悲愴和輝煌。不知歷史，就不解現實；不讀歷史，就無法預測未來。

　　中華民族五千年的文明

史，湧現出許多燦若星辰的歷史人物，以及關於他們膾炙人口的歷史故事。本書精心挑選了 22 個與歷史故事相關的成語，用淺顯易懂、幽默詼諧的文字，使大家從中了解風雲變幻的歷史，並從眾多個性鮮明的歷史人物身上汲取智慧。

如果小讀者能從中領悟興盛衰敗的道理、啟迪人生的智慧，或是能對書中的故事人物發出一聲長嘆、一陣大笑，抑或是流下一滴眼淚，就是編者最大的成功，也是對編者最大的鼓勵和讚揚。

為了讓小朋友能活學活用，書中設計了多個單元，如成語故事、參考地圖、看圖猜成語、成語小字典、成語接龍、爆笑成語、成語小學堂等。另外，每一個成語故事均搭配了精美的插圖，讓大家能穿越時間和空間，體驗成語的魅力。

　　透過這些精彩的內容，小朋友能充分理解並且學會使用成語！

目　錄

明修棧(ㄓㄢˊ)道，暗渡陳倉

秦朝末年，項羽和劉邦聯合，準備推翻秦二世，他們約定誰先攻入關中，誰就當關中的王。後來劉邦先攻入關中，按照兩人之前的約定，劉邦應成為關中之王，沒想到項羽卻變卦了。項羽心想：劉邦有什麼本事？不過就是一個小小的亭長出身！於是他便有了殺劉邦的想法。

劉邦向項羽賠禮道歉，說：「大王，我會先進入關中，完全是靠運氣，我怎麼敢稱王呢？」看他認錯，項羽也心軟了，就封劉邦為漢王，打發他走。

劉邦的封地在四川，四周被大山圍繞，在當時到哪裡都不方便。劉邦很快前往四川後，把秦嶺的棧道燒掉，以此向項羽表明「再也不會回去」的心意，項羽果然相信了。劉邦在漢中休養生息，決定推翻項羽。他的大將韓信派出老弱殘兵修復燒毀的棧道，做出要從這裡進攻關中的樣子，項羽聽說後哈哈大笑，認為這種修法好幾年也修不好。其實韓信只是表面上大張旗鼓修復棧道，暗地裡卻派重兵通過陳倉道翻越秦嶺，一舉攻占陳倉，然後順勢東下，攻下咸陽。項羽醒悟以後，明白大勢已去，最終在烏江自盡。

陳 倉：古代縣名（今中國陝西省寶雞市東），是漢中通向關中的咽喉要道。此處地圖為「明修棧道，暗渡陳倉」時陳倉形勢圖。

成語小字典

【解　釋】　表面上修復棧道，迷惑敵人，暗中繞道奔襲陳倉，取得勝利。比喻以明顯、不相干的行動吸引對方的注意，而私下採取其他行動以達成原來目的。

【出　處】　西漢・司馬遷《史記・高祖本紀》

【相似詞】　瞞天過海、掩人耳目、聲東擊西

【相反詞】　明目張膽

成語接龍

暗渡陳倉→倉皇失措→措手不及→及時行樂→樂不可支→支吾其詞→詞不達意→意氣風發

❷ 負荊請罪　❶ 望梅止渴

昨天下課的時候，我突然打了一個大噴嚏，鼻涕噴到了毛綿綿的背上。

天啊！毛綿綿一定很生氣！

我趁她不注意時拍了一下她的後背，說送她一枝我新買的鉛筆，順手就把鼻涕擦掉了。

這是暗渡陳倉之計啊！

1 2

3 4

毛綿綿還挺高興的……

你這計策太高明了，佩服！

這時我後面的墨墨大喊：「大壯，你為什麼往毛綿綿背後抹鼻涕？」

成語小學堂

秦嶺的古道

「暗渡陳倉」是古人善用地理交通迷惑對方，取得勝利的例子。秦嶺是中國南北方的地理分界線，李白詩中「蜀道難，難於上青天」中的蜀道，就是指秦嶺的道路。自古以來，秦嶺南北的人們致力於開山闢路，架設棧道，連接南北交通。

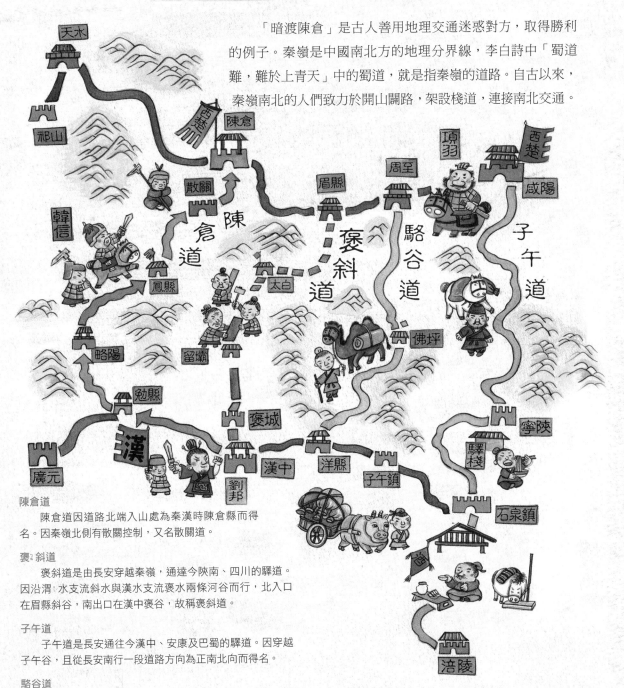

陳倉道

陳倉道因道路北端入山處為秦漢時陳倉縣而得名。因秦嶺北側有散關控制，又名散關道。

褒斜道

褒斜道是由長安穿越秦嶺，通達今陝南、四川的驛道。因沿渭水支流斜水與漢水支流褒水兩條河谷而行，北入口在眉縣斜谷，南出口在漢中褒谷，故稱褒斜道。

子午道

子午道是長安通往今漢中、安康及巴蜀的驛道。因穿越子午谷，且從長安南行一段道路方向為正南北向而得名。

駱谷道

駱谷道是長安穿越秦嶺，通達今漢中、四川的驛道，因自長安南下先經周至縣西駱谷而得名。且因翻越秦嶺後南面出口為漢江支流儻水河谷，故又名儻駱道。

望梅止渴

　　東漢末年，正是諸侯互相征戰、爭奪政權的年代。在這些諸侯之中，以曹操的勢力最強大。曹操被人稱為亂世的奸雄，擅長計謀。有一年夏天，曹操率領大軍從許都出發，要討伐宛城的張繡，走到半路，因為天氣十分炎熱，又找不到水源，士兵們渴到喉嚨都快冒煙了。

眼看身邊的士兵一個接一個中暑倒下，曹操急得如熱鍋上的螞蟻，便命令士兵就地挖井，但是挖了十公尺深也沒有水，士兵們開始騷動起來。眼看情況快控制不住，這時曹操靈機一動，走到高坡上指向遠方，大聲喊道：「弟兄們，前面黑壓壓的一片是什麼東西啊？」旁邊的許褚 説：「是海市蜃樓。」曹操瞪了許褚一眼，繼續説：「那一定是一大片梅林，而且結滿又酸又甜的果實，我們吃下這些梅子就不渴了！」士兵們聽到之後，腦中不禁想起梅子那酸中帶甜的味道，都快流口水了，他們滿懷期待，全力前進，終於到了有水源的地方。

許都：中國古都之一（今河南省許昌市建安區），有八十多處三國時代的遺跡，是歷史文化名城。

看圖猜成語

❷一飞二丢　❶一嚐宰目

成語小字典

【解　釋】　曹操編造前方梅林結了很多果實，誘使士兵流出口水以解渴的故事。後比喻以空想來安慰自己。

【出　處】　《世說新語・假譎》

【相似詞】　畫餅充飢

【相反詞】　實事求是

成語接龍

望梅止渴→渴而穿井→井井有條→條理分明→明修棧道→道路以目→目不暇接→接二連三→三心二意→意得志滿

13

兒子，今天晚餐想吃什麼？

老爸你隨便做吧！最好來點好料。

太棒了！

這本食譜有紅燒肉、香酥雞、粉蒸肉、胡椒蝦、清蒸魚，怎麼樣？

1 2

3 4

還是吃泡麵吧！

那還説了這麼多！

你看著食譜吃就好，這叫望梅止渴。

中國歷史名城——許昌

許昌的名稱由來已久。堯在位的時候，擁有傑出才華的許由在此地牧耕，並且在潁水邊洗耳朵以表示他不在乎名聲，因此得名「許地」。西周時期稱為「許國」，秦朝設置許縣。196年，曹操挾天子以令諸侯，遷都許都，他雄踞此地二十五年，成就一代霸業，許都也由此被稱為「魏都」。221年，魏文帝曹丕曾說：「魏基昌於許。」因此改稱「許昌」，這就是「許昌」的由來。「漢魏故都」許昌是著名的古都，歷史悠久，文化底蘊深厚，三國文化在這裡紮根。

據統計，許昌著名的三國遺址達到八十多處，皆與三國歷史、人物或傳聞有關。受三國文化影響，講三國事、讀三國書、掛三國畫已經成為許昌人的生活習慣。

樂不思蜀

　　三國蜀漢的皇帝劉備駕崩後，兒子劉禪繼承了皇位。劉禪的小名叫做阿斗，民間流傳的俗語「扶不起的阿斗」，指的就是他。因為阿斗只知道吃喝玩樂，從不關心國家大事，他每天的生活就是看歌舞表演、玩遊戲，如果沒有諸葛亮的輔佐，蜀漢可能早就滅亡了。諸葛亮病逝以後，蜀漢的國力越來越弱，最終被魏國滅掉，劉禪和他的大臣們被送到魏國，魏國的掌權者司馬昭封劉禪為安樂公。但是，劉禪即使亡國仍不知悔改，每天還是只會享樂。有一天，司馬昭請劉禪吃飯，宴席間，舞女們跳起了蜀漢的舞蹈，還唱了一首蜀地民歌。當歌聲響起，劉禪的大臣們想到亡國的羞辱和哀痛，都不禁淚流滿面，劉禪卻很高興。幾天後，司馬昭問劉禪思念蜀漢嗎？劉禪回答：「此間樂，不思蜀。」意思是說這裡多好啊！我一點也不想念蜀漢。司馬昭心裡暗笑，真是扶不起的阿斗，怪不得國家會滅亡。

蜀：又稱蜀漢，三國之一。221年，劉備在成都稱帝。263年，魏軍至成都，後主劉禪投降，蜀漢亡。

看圖猜成語

❶葉公好龍　❷得意忘形

成語小字典

【解　釋】快樂到一點也不想回去蜀國。比喻人因留戀異地而不想返回故鄉。或形容快樂得忘了歸去。

【出　處】西晉‧陳壽《三國志‧蜀書‧後主禪傳》

【相似詞】樂而忘返

【相反詞】歸心似箭

成語接龍

樂不思蜀→蜀犬吠日→日薄西山→山窮水盡→盡善盡美→美中不足→足智多謀→謀財害命→命中注定→定於一尊→尊師重道→道聽塗說

剛才英才同學表演的成語「守株待兔」非常不錯，完美的表達了這個成語的含義。

現在請毛皮皮表演下一個成語。

1 2

3 4

毛皮皮，原來你在看故事書！你是不是已經跑到城堡裡玩得樂不思蜀了？

老師說對了，我正在表演成語「樂不思蜀」啊！

中國著名關隘
——劍門關

唐代著名詩人李白有詩云：「劍閣崢嶸而崔嵬，一夫當關，萬夫莫開。」劍門關位於中國四川省廣元市劍閣縣境內，是蜀漢時修建的關隘。劍門關隘口形成於白堊紀，是在由礫岩構成的斷崖上建築城牆，同時擁有岩層是紅色的丹霞地貌，非常罕見，而且垂直高度近三百公尺，底部最窄處僅五十公尺，山勢高聳，道路險峻，故有「劍門天下雄」之稱。根據史料記載，諸葛亮擔任蜀漢丞相時，見大小劍山之間有鑿石架空而成的閣道三十里，又見大劍山中斷處壁高千仞，天開一線，便在此壘石為關，作為屏障。後來諸葛亮北伐，也曾經過此地。

劍門關是入蜀咽喉、軍事重鎮，歷來皆為兵家必爭之地。近兩千年來，劍門關樓屢建屢毀，又屢毀屢建。

濫竽ˊ充數

　　戰國的時候，齊國的國君齊宣王非常喜歡音樂，而且喜歡熱鬧的大場面演奏。齊宣王尤其酷愛竽這種樂器，為此專門成立了三百人的樂團。每當這三百人同時演奏時，齊國國都臨淄城各處都能聽到樂聲。但是齊宣王覺得還不夠氣派，想要增加樂團人數，於是貼出招賢榜，招聘吹竽的人才。

　　有一位南郭先生，不會吹竽，卻很會吹牛。他聽說齊宣王招募吹竽能手，就跑到齊宣王那裡吹噓自己會吹竽。齊宣王聽了很高興，立刻將他編入樂團。南郭先生混在三百人的樂團裡，好像很投入的假裝吹竽，所有人都認為他是高手。

　　就這樣過了幾年，齊宣王駕崩後，他的兒子齊湣王繼位。齊湣王也很喜歡音樂，不過和他父親不同的是，齊湣王不喜歡大場面的合奏，他喜歡獨奏。於是，他下了一道命令，要逐一考核樂團成員，最後一名就會被淘汰。南郭先生聽到這個消息，知道自己再也無法蒙混過關，只好逃出宮去。

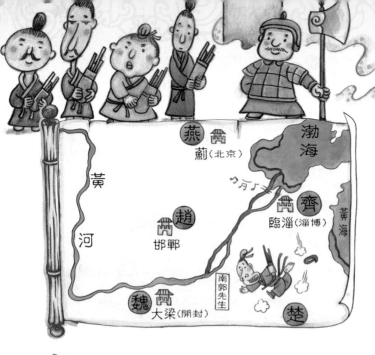

齊國：中國西周到春秋戰國時期姜姓的諸侯國，戰國時期被田氏取代，為戰國七雄之一。

❷魚目混珠 ❶馬馬虎虎

成語小字典

【解　釋】 竽，古代一種吹奏樂器。意謂不會吹竽的人，混雜於眾多樂工中湊數。後比喻沒有真才實學的人，混在行家中充數。亦用於比喻拿不好的東西充場面。亦用於自謙，比喻自己才德不足。

【出　處】 《韓非子・內儲說上》

【相似詞】 魚目混珠、名不副實

【相反詞】 名副其實、貨真價實

成語接龍

濫竽充數→數以萬計→計日而待→待字閨中→中饋乏人→人山人海→海闊天空→空穴來風→風雲人物→物是人非→非同小可→可歌可泣→泣不成聲

1 2

3 4

戰國七雄之一──齊國

　　齊國是西周分封的諸侯國之一，首任國君是著名的歷史事件「武王伐紂」中，周武王的軍師太公望，他姓姜名尚，「姜太公釣魚」這句歇後語就出自此人。周公東征平定三監之亂，並征服商奄、薄姑等小國後，隨即分封太公望於營丘（今中國山東省淄博市東北）建國。齊國自封國以來快速發展，依靠海洋成了當時著名的「海王之城」，並且迅速成為當時名震天下的「春秋五霸」之首。秦滅韓、趙、魏、楚、燕後，於西元前 221 年派將軍王賁從燕地南攻齊國，俘虜齊王建，使齊國滅亡。雖然齊國滅亡了，但是發生在齊國的著名典故比比皆是，例如晏嬰使楚、田忌賽馬、濫竽充數、呆若木雞等。

聞雞起舞

東晉的時候，范陽有個人叫祖逖，他從小就志向遠大，每天奮發讀書、練武，準備將來報效國家。祖逖有一個好朋友叫做劉琨，兩人交情深厚，興趣相同，都期望將來能建功立業，便住在一起，相互鼓勵。有一天，祖逖在半夜聽到雞啼聲，雖然天還沒亮，但他驚覺時間相當寶貴，應該好好把握，於是叫醒劉琨，告訴他：「從今天起，每天雞一叫就起來練武。」劉琨欣然同意。從此以後，只要公雞一啼叫，祖逖就會將劉琨叫醒，一起在院子裡舞劍。

春去冬來，祖逖和劉琨從不間斷，皇天不負苦心人，經過長期的刻苦學習和訓練，他們終於功成名就。

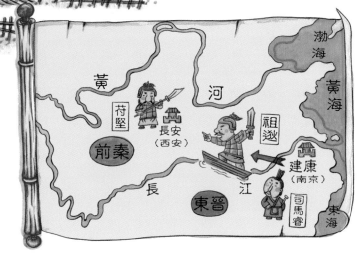

❶ 八仙過海　　**❷** 鶴立雞群

東晉：西晉皇族南遷後建立的王朝，疆域在中國淮河、長江以南。

【解　釋】　一聽到雞啼聲，立即起床操練武藝。後比喻把握時機，及時奮起行動。

【出　處】　唐·房玄齡等《晉書·祖逖傳》

【相似詞】　發憤圖強、臥薪嘗膽

【相反詞】　飽食終日、無所用心

聞雞起舞→舞鳳飛龍→龍潭虎穴→穴處之徒→徒有其名→名不副實→實不相瞞→瞞天過海→海底撈針→針鋒相對→對牛彈琴→琴瑟和鳴

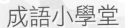

祖逖北伐

西晉時期，匈奴南下，攻陷洛陽，占領了整個黃河流域和長江以北地區。洛陽淪陷後，祖逖為了躲避戰亂帶全家南遷，司馬睿也在群臣擁戴下於建康（今中國江蘇省南京市）即位，史稱東晉。

東晉的皇帝和朝廷內部一些官僚們仍舊過著享樂的生活，只有祖逖堅持北伐，主張收復失地。朝廷雖然同意祖逖北伐，卻只給他一千人的糧食和三千匹布作為打仗的物資，軍士則要他自己招募。但是祖逖沒有灰心，他一邊鑄造兵器、一邊招募士兵，組織了一支兩千人的軍隊揮師北上。經過多次苦戰，打敗了凶狠的敵人，收復黃河中下游以南的大部分地區。

當祖逖想渡黃河北進時，朝廷卻另派他人來當大都督，北伐的計劃也被取消。同時，祖逖又得到東晉內部有人準備政變的消息，不禁悲憤成疾，臨死前還一心惦記著國家大事。祖逖死後，連年征戰收復的淮河以北的土地又被後趙的開國君主石勒侵占。

臥薪嘗膽

　　戰國的時候，吳王夫差帶兵攻打越國，結果越國大敗，越王句踐只好投降，帶著老婆、孩子和屬下到吳國伺候吳王。句踐替吳王放牛牧馬，在吳王面前小心翼翼，謹慎行事。每當見到吳王，句踐就立刻滿臉笑容，彎腰行禮。吳王騎馬時，他也會跪在馬前讓夫差踏上馬匹。吳王生病時，句踐甚至侍奉左右，無微不至的照顧。吳王對句踐的謙卑十分滿意，幾年之後就把句踐放回越國了。

　　句踐回到越國後發憤圖強，準備復仇。為了不忘記自己曾經受過的苦難，他穿著破衣服，住在四面漏風的房子裡。房間裡沒有床，只有稻草和柴薪，房梁上垂著一條繩子，下方綁著一隻豬的膽。句踐夜晚就睡在稻草和柴薪上，每天早上醒來的第一件事就是舔繩子上非常苦的豬膽。句踐的忍耐力很驚人，在吳國忍受了無盡的屈辱，回到越國又忍受了無盡的苦難。經過十年的富國強兵，句踐向吳國發動復仇之戰，終於滅了吳國，而夫差則在羞憤中自刎而死。

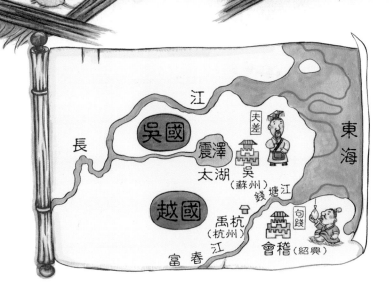

答案：❶九牛一毛　❷快刀斬亂麻

吳國的都城吳位於今中國蘇州，越國的國都會稽位於今中國紹興一帶。

成語小字典

【解　釋】 越王句踐躺臥在柴薪上，不時舔嘗苦膽，以警惕自己不忘所受的屈辱。比喻刻苦自勵，發憤圖強。

【出　處】 西漢‧司馬遷《史記‧越王句踐世家》

【相似詞】 發憤圖強、自強不息

【相反詞】 一蹶不振、
　　　　　 自暴自棄

成語接龍

臥薪嘗膽→膽大包天→天上人間→間不容髮→髮短心長→長治久安→安如磐石→石破天驚→驚魂未定→定國安邦→邦家之光→光天化日

大壯，你的體重過重，這樣會影響健康。

芽美老師，我也想瘦啊！但一直瘦不下來！

要有信心，確立目標就去實踐。

好的，芽美老師，從今天起，我要臥薪嘗膽，下定決心減重。

1 2

3 4

有志者事竟成，我以前也過重，你看現在的我多瘦！

老師是怎麼減重的？

多運動，飲食均衡啊！

那我也來吃。老師，先給我五份吧！

健康食譜

30

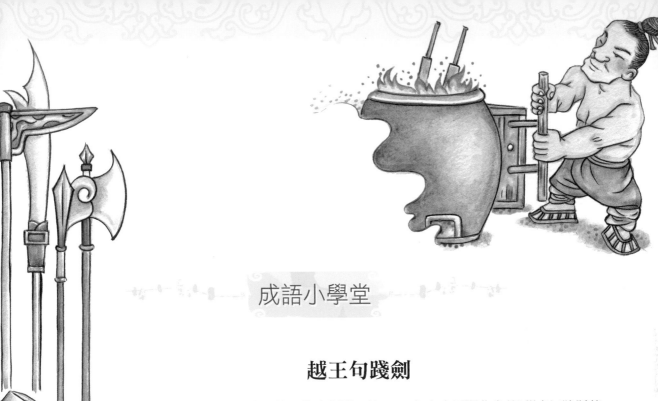

成語小學堂

越王句踐劍

越王句踐劍是春秋晚期越國的青銅器，於 1965 年在中國湖北省荊州市江陵縣望山楚墓群一號墓出土。它的主人就是那位臥薪嘗膽，最終併吞吳國的越王句踐。

越王句踐劍的劍身長 55.6 公分、柄長 8.4 公分、劍寬 4.6 公分，劍身布滿了規則的黑色菱形暗格花紋，靠近握柄處有用鳥蟲書刻的銘文「越王句踐自作用劍」，正面還鑲有藍色琉璃，背面則鑲有綠松石。

越王句踐劍有幾個令人稱奇的地方：一是這把劍歷經千年依然鋒利無比。70 年代，專家們用越王句踐劍做了一個實驗，發現此劍一次劃破了二十六張紙，比現在一些新鑄刀劍劃破的紙張數量還多，可見它的鋒利程度。二是埋藏千年不生鏽。無論是鑄造工藝或實戰價值，此劍均堪稱中國寶劍鑄造史上的顛峰。

洛陽紙貴

西晉有個文學家叫做左思，他年少時容貌醜陋、身材矮小，而且說話結巴，書法和鼓琴都學得不好。有一次，父親左雍當著朋友的面說：「我這個孩子學習不佳，通曉、理解的東西都比不上我小時候。」左思聽了羞愧不已，從此奮發學習。他讀了很多經典書籍，蒐集了大量歷史、地理、人文方面的資料，苦心研究，經過多年的寫作，完成了曠世經典〈三都賦〉。這部作品一發表，立刻受到人們的追捧。由於左思的書籍太過暢銷，很多人傳抄印刷，導致洛陽的紙張嚴重不足，價格比平時漲了十倍仍供不應求。當時的司空張華見到此賦，感嘆的說：「左思是能與班固、張衡相提並論的人物，他的文章能使誦讀的人感覺文已盡而意味深長，時間越久，越有新意。」而左思也成為和班固、張衡媲美的文學家。

洛 陽：因處於洛水之陽而得名，古人定義山南水北為陽。

❶ 杯水車薪　❷ 聞風而逃

❷ 聞風而逃　❶ 杯水車薪

成語小字典

【解　釋】 由於左思的〈三都賦〉，時人競相傳寫，
因而洛陽為之紙貴。後形容著作風行一時，流傳甚廣。

【出　處】 唐・房玄齡等《晉書・左思傳》

【相似詞】 風行一時

【相反詞】 乏人問津

成語接龍

洛陽紙貴→貴人眼高→高山流水→水深火熱→熱
火朝天→天長地久→久負盛名→名落孫山→山清
水秀→秀外慧中→中流砥柱→柱石之臣

九朝古都——洛陽

洛陽是中國七大古都之一，東周、東漢、三國曹魏、西晉、北魏、隋、唐、後梁、後唐都曾在此建都，故有「九朝古都」之稱。洛陽是中華文明的發源地之一，因地處古代水陸交通要衝，是中國歷史上建都時間最長的城市。

洛陽市，簡稱「洛」，別稱洛邑、洛京。洛陽市總面積為 1.52 萬平方公里，位於河南省境西部，橫跨黃河南北兩岸，東鄰鄭州市，西接三門峽市，北跨黃河與焦作市接壤，南與平頂山市、南陽市相連。

洛陽是一座名聞古今的歷史文化名城，有著五千多年的文明史、四千多年的建城史和一千五百多年的建都史。現有龍門石窟、中國大運河（回洛倉和含嘉倉的遺址）、絲綢之路（東漢和曹魏時期都城的遺址、隋唐時期洛陽城的定鼎門遺址、漢朝時建立的函谷關遺址）共三項六處世界文化遺產，還有中國第一座由政府興辦的寺院白馬寺、武聖關羽的陵寢關林等，無不彰顯洛陽深厚的歷史文化底蘊。

圍魏救趙

　　戰國的時候，魏國的國君派大將龐涓攻打趙國，趙國的君主只好向齊國求救，齊王便派大將田忌和軍師孫臏率軍解圍。孫臏和龐涓曾經一起在鬼谷子門下學習，但龐涓非常妒忌孫臏的才華，於是把孫臏騙到自己擔任幕僚的魏國，趁機弄殘孫臏的雙腿，使其終生只能坐輪椅。孫臏被齊王救了以後就成為齊王的幕僚，他用高超的軍事理論讓大將田忌贏得賽馬總冠軍，因此田忌很佩服孫臏，這次救援趙國便請孫臏當軍師。孫臏認為如果直接去趙國解圍不一定會成功，不如趁魏國傾城而出進攻趙國，國內防備較弱的時候，圍攻魏國國都大梁。如此一來，魏軍一定會立刻撤退，然後讓齊軍在半路截擊魏軍，既解了趙國之危，又能打敗魏軍。田忌聽了連連稱讚，立刻按照孫臏的計策圍攻大梁，龐涓聽說國都被包圍，趕緊從趙國撤軍，中途遭到齊國伏軍的追殺，結果吃了敗仗。

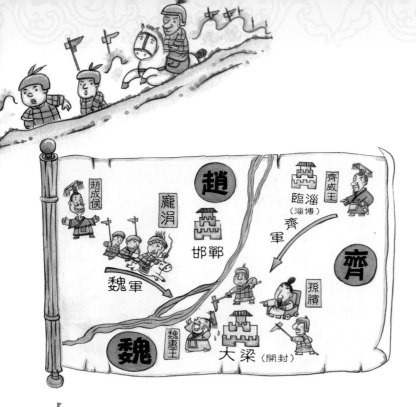

 看圖猜成語

大 梁：戰國時期魏國的都城，位於今中國河南省開封市。

❶直言不諱　❷白日做夢

成語小字典

【解　釋】　指襲擊敵人後方，迫使敵兵撤回的戰略。
【出　處】　西漢·司馬遷《史記·孫子吳起傳》
【相似詞】　聲東擊西
【相反詞】　直搗黃龍

成語接龍

圍魏救趙→趙普夜讀→讀書破萬卷→卷帙浩繁→繁
花似錦→錦上添花→花樣百出→出神入化→化為烏
有→有備無患→患難與共

37

芽美老師要去我家做家庭訪問，和我媽討論我的學習狀況，嚇得我趕緊想了一個辦法，讓老師沒去成。

什麼辦法？

我媽媽感冒了，我說怕她傳染給老師。

這是圍魏救趙。

1 2

3 4

芽美老師果然說不去了。

後來芽美老師請我爸來學校一趟。

還是沒躲過去啊！

田忌賽馬

　　齊國的大將軍田忌是齊威王寵信的大臣，他們關係很好，常常一起賽馬。田忌的馬比齊威王的馬弱了一點，由於他們每次都是用上等馬對上等馬、中等馬對中等馬、下等馬對下等馬，出場順序固定，所以田忌總是輸，非常狼狽。不過齊威王卻越來越高興，經常找田忌賽馬，田忌又不想讓齊威王掃興，每次只能硬著頭皮比賽。

　　有一次，田忌又要與齊威王賽馬，恰好孫臏在人群中看見了，便上前對田忌說，只要用他的計謀比賽，保證田忌能贏。田忌很生氣，以為孫臏在挖苦他，孫臏說：「我怎麼敢戲弄將軍！我以性命擔保，肯定能贏。」田忌半信半疑，想著反正也是輸，不如試試看吧！孫臏首先用田忌的下等馬對齊威王的上等馬，結果很快就輸了，田忌氣得臉色發青，但是當著這麼多人的面也不好表現出來。孫臏卻不慌不忙，接著用田忌的上等馬對齊威王的中等馬，竟然贏了一局。這下引起了田忌的興致，他從來沒有贏過啊！接下來孫臏用田忌的中等馬對齊威王的下等馬，結果又贏了，三戰兩勝，田忌贏得了最後的勝利。

　　田忌很高興，對孫臏刮目相看。齊威王很好奇是誰幫田忌出的主意，田忌就將孫臏推薦給齊威王。齊威王發現孫臏是個人才，於是很快就重用他。

三顧茅廬

東漢末年，群雄為了爭奪政權，戰亂四起，勢力比較強大的曹操和孫權分別占領北方和南方。賣草鞋出身的劉備和做小生意的關羽、張飛，雖然三人都有「匡扶漢室」之心，卻因為沒有勢力，只能過著四處流浪的生活，後來在劉表那裡寄居。劉備聽徐庶說臥龍崗有位諸葛亮很有才識，便帶著禮物請諸葛亮出山輔佐自己，不巧的是諸葛亮不在家，劉備只好失望而歸。過了不久，劉備打聽到諸葛亮回來了，便又帶著兩個兄弟前往拜訪，不過外面正下著大雪，張飛生氣的說：「乾脆讓我把諸葛亮綁來見大哥吧！」劉備趕忙制止張飛魯莽的想法，然而三人這次還是沒有見到諸葛亮，只見到諸葛亮的弟弟。等到過完年，劉備第三次來到臥龍崗，終於見到了諸葛亮。劉備三顧茅廬感動了諸葛亮，他為劉備分析天下的局勢，當劉備請諸葛亮出山輔佐，諸葛亮欣然同意。後來，諸葛亮幫助劉備成就了三分天下的霸業。

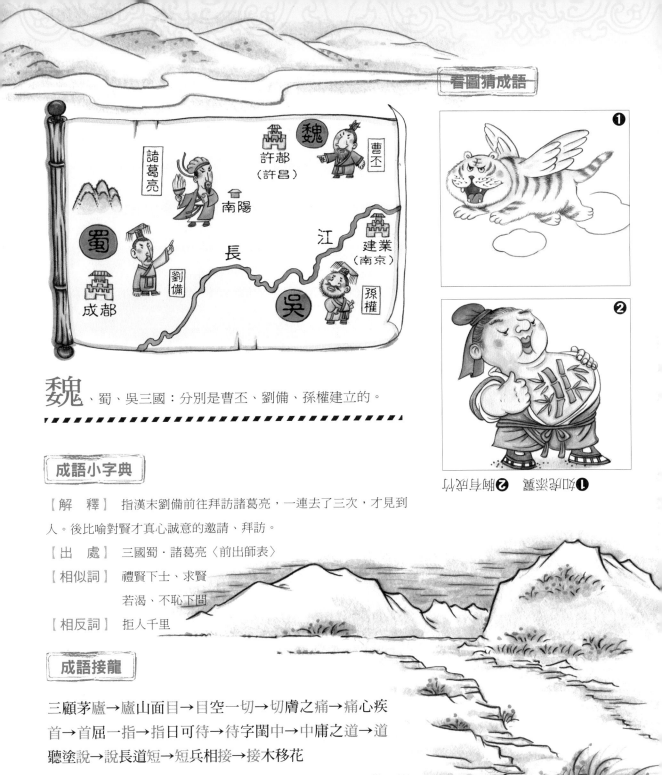

魏、蜀、吳三國：分別是曹丕、劉備、孫權建立的。

❶ 如虎添翼　❷ 胸有成竹

成語小字典

【解　釋】　指漢末劉備前往拜訪諸葛亮，一連去了三次，才見到
人。後比喻對賢才真心誠意的邀請、拜訪。

【出　處】　三國蜀·諸葛亮〈前出師表〉

【相似詞】　禮賢下士、求賢
　　　　　　若渴、不恥下問

【相反詞】　拒人千里

成語接龍

三顧茅廬→廬山面目→目空一切→切膚之痛→痛心疾
首→首屈一指→指日可待→待字閨中→中庸之道→道
聽塗說→說長道短→短兵相接→接木移花

1 2

3 4

火燒博望

火燒新野

諸葛亮是哪裡人？

《三國演義》是中國四大古典名著之一，其中描寫的人物備受人們喜愛。若說到最喜歡的人物，恐怕大多數人都會投票給諸葛亮。確實，諸葛亮作為偉大的政治家、軍事家和文學家，千百年來一直被人們歌頌乃至神化，同時也產生了一些謎題，例如諸葛亮到底是哪裡人？這個問題看似簡單，但是考證起來又有些難度。

近年來，有很多地方為爭奪諸葛亮的籍貫問題爭論不休，都想把諸葛亮歸為自己的同鄉。根據《三國志》記載，諸葛亮是琅琊陽都（今中國山東省臨沂市沂南縣）人，然而諸葛亮在〈出師表〉中說：「臣本布衣，躬耕於南陽。」照理說，諸葛亮本人說的話是不會錯的，因此，有人說諸葛亮是現在的河南南陽人。但是著名的隆中對地點，也就是劉備三顧茅廬的發生地，卻在湖北襄陽附近。這些疑問讓後人考證諸葛亮的歸屬地時造成阻礙，以至於南陽和襄陽兩地爭奪得十分激烈。清朝的時候，南陽一位知府為了停止兩地的爭奪，寫了一副對聯——心在朝廷，原無論先主後主／名高天下，何必辯襄陽南陽。

現在的觀點普遍認為，諸葛亮出生在今山東，後來躬耕於南陽，襄陽隆中是諸葛亮遊學的一個寄居地。襄陽、南陽兩地都因是諸葛亮重要的活動範圍而具有紀念意義。

火燒赤壁

七擒孟獲

紙上談兵

戰國的時候，趙國有一位大將名叫趙奢，他多次擊敗秦軍，被趙王提拔為上卿。趙奢有一個兒子叫做趙括，俗話說虎父無犬子，趙括從小耳濡目染，對行軍作戰也非常感興趣，讀了很多兵書。他經常站在地圖前侃侃而談，指出該從哪裡出兵、哪裡防禦、哪裡埋伏，別人一和他辯論，他就搬出一大套書本上的軍事理論讓對方啞口無言，並自認為天下無敵。趙奢卻認為自己的兒子只是紙上談兵，將來必定要吃虧。後來，秦國進攻趙國，這時趙奢已經去世了，抵抗秦軍的是老將廉頗。廉頗雖然年紀大了，但是作戰經驗豐富，秦軍占不到一點便宜。於是秦軍散播謠言，說秦國不怕廉頗，只怕趙括。趙王果然中計了，他換下廉頗，換上趙括。趙括一上戰場就按照書本上的理論打仗，結果中了秦軍的埋伏，幾十萬大軍被秦軍殲滅，自己也中箭身亡。

❶ 飛蛾撲火　❷ 雪中送炭

長平：位於今中國山西省高平市西北，是戰國後期長平之戰的發生地。

成語小字典

【解　釋】　在文字上談論用兵的策略。後比喻不切實際的議論。

【出　處】　西漢・司馬遷《史記・廉頗藺相如傳》

【相似詞】　誇誇其談、光說不練

【相反詞】　言必有中

成語接龍

紙上談兵→兵荒馬亂→亂七八糟→糟糠之妻→妻兒老小→小家碧玉→玉樹臨風→風吹草動→動人心弦→弦外之音→音容猶在→在所不辭→辭舊迎新

1 2
3 4

長平之戰

　　長平之戰，是秦國率軍在趙國的長平（今中國山西省高平市西北）一帶和趙國軍隊發生的戰爭。

　　秦國數戰連勝，使得趙軍損失慘重，局面對趙國極為不利。於是趙王向秦國求和，非但沒有成功，反而被戲耍。而趙將廉頗只守不戰，違背了趙王急於求勝之心。秦國見趙軍不戰，便派間諜散布廉頗投降的謠言，並揚言秦國不怕廉頗，怕的是趙奢（曾擊敗秦國）之子趙括。結果，趙王不聽虞卿和藺相如等人的諫言，執意起用趙括來代替廉頗。趙括遵照趙王的意思，改變了廉頗的防禦部署及軍規，還更換將吏，準備發動攻擊。秦國則暗中任命名將白起為統帥，白起針對趙括急於求勝的弱點，採取了佯敗後退、誘敵脫離陣地，進而分割包圍、切斷趙軍糧道，予以殲滅的作戰策略，最終獲得戰爭的勝利。

　　長平之戰是中國古代軍事史上最早且規模最大、最徹底的圍殲戰，經此戰役，東方六國再也無力抵抗秦國的進攻。

指鹿為馬

秦二世時，奸臣趙高在朝廷為所欲為，他殺死了修築長城的蒙恬 等大臣，甚至想當皇帝。他怕官員們不服，也想知道有多少人反對自己，於是想出一條奸計，既可以立威又能摸清情況。

有一天上朝，趙高牽來一隻梅花鹿，對秦二世說：「陛下，臣花重金買到一匹馬，特地獻給陛下。此馬日行千里，夜行八百，奔行百里只要五斤青草，陛下一定會喜歡。」

秦二世看了大笑說：「這明明是一頭鹿，頭上有角，朕 昨天還吃過鹿茸 拌飯呢！」

趙高回答：「這確實是一匹馬，陛下不信可以問問其他人。」一部分大臣懼怕趙高，紛紛阿諛奉承的說這確實是一匹好馬，而且還是西域良馬。一部分敢於直言的大臣說：「這分明是一頭鹿，怎麼會是馬呢？」

趙高見此情形，心中有數，沒過多久，他就把那些敢於反對自己的大臣判罪。從此，朝廷上再也沒有人敢反對趙高了。

❶愚公移山　❷杯弓蛇影

咸陽：秦孝公十二年（西元前350年）在今中國咸陽市區東北部建立都城，因地處九峻山之南、渭水之北，山水俱陽，故名咸陽。秦統一六國後，在此定都。

成語小字典

【解　釋】　將鹿指稱是馬，藉以展現自己的威權。比喻人刻意顛倒是非。

【出　處】　西漢·司馬遷《史記·秦始皇本紀》

【相似詞】　顛倒黑白、混淆是非

【相反詞】　是非分明、涇渭分明、循名責實

成語接龍

指鹿為馬→馬到成功→功不可沒→沒齒難忘→忘恩負義→義無反顧→顧小失大→大快人心→心想事成→成千上萬→萬水千山→山高水長

1 2

3 4

成語小學堂

戰國時期的秦國長城

　　秦昭王在西元前 272 年滅義渠戎國，在其領地建立北地郡，開始與匈奴直接接觸。為了防範北方的游牧民族──東胡和樓煩的侵犯擄掠，秦國修建了一條長城，因這條長城主要是在秦昭王時修建的，所以歷史上常稱其為秦昭王長城。

　　戰國秦長城跨越今甘肅、寧夏、陝西、內蒙古四個省區，其大致走向是自甘肅省臨洮縣三十里處殺王坡的洮河邊上，東經渭源、隴西，至關山轉向東北過通渭、靜寧，循六盤山而北行，經寧夏回族自治區的西吉、固原、彭陽，進入隴東的鎮原、環縣、華池、吳起、志丹、靖遠、橫山、榆林、神木，北上進入內蒙古自治區準格爾旗，抵達托克托縣十二連城附近的黃河岸邊。另外，該長城從靖邊南部向東分出一支，經安塞、子長、子洲、綏德、米脂五縣，這樣戰國秦長城共經二十三個縣，總長度（包括東分支兩百公里）約為兩千公里。

程門立雪

程頤是宋朝著名的理學家和教育家，知識非常淵博。他在洛陽城南辦了一間書院，講解孔孟之學，很多人慕名前來。有一個名叫楊時的少年，聰明伶俐、酷愛學習，遇到不懂的問題一定要追根究柢。有一次，楊時和好友游酢去拜訪程頤，想向他請教學問。那時正值冬天，天空烏雲密布，沒過多久就飄下雪花，還颳起大風。當他們走到程頤家門口時，風雪更大了，此時程頤正坐在火爐前閉目休息，兩人怕驚醒老師，便站在門外等候。因為氣溫降到零下十幾度，大雪撲面而來，楊時和游酢凍得直發抖，卻依然恭敬的站立一旁。

時間一分一秒的過去，等程頤醒來的時候，門外的雪已經積了一尺深。當他看見門外站著兩個雪人，大吃一驚，仔細一看才知道是他的兩位學生，趕緊讓他們進屋。這兩人的行為感動了程頤，於是他將畢生所學傾囊相授，楊時後來也成為知名的理學家。

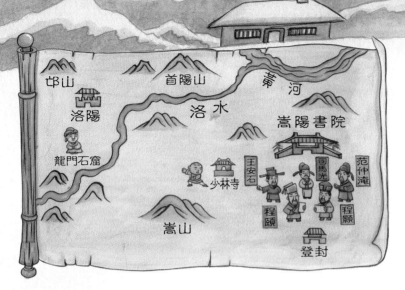

❶ 愚公移山　❷ 程門立雪

嵩ㄙㄨㄥ

嵩陽書院：中國古代書院之一。與應天書院、白鹿洞書院、嶽ㄩㄝˋ麓ㄌㄨˋ書院合稱宋初四大書院，位於今中國河南省登封市嵩山腳下。

成語小字典

【解　釋】　宋代楊時、游酢拜見程頤，剛好碰上他坐著小睡，兩人不敢驚動，便站著等待，等程頤醒來時，門外已下雪一尺多深。後用以比喻尊敬師長和虔誠向學。

【出　處】　元·脫脫等《宋史·楊時傳》

【相似詞】　尊師重道

【相反詞】　班門弄斧

成語接龍

程門立雪→雪兆豐年→年輕有為→為人師表→表裡如一→一念之差→差強人意→意氣用事→事倍功半→半途而廢→廢寢忘食→食不果腹

辦公室

毛皮皮，你在辦公室門口站兩個小時了，怎麼不進去？

這是為了表達對芽美老師的尊重。

老師說作業有什麼不會的，私下來找她。

你真是有程門立雪的精神啊！

1 2

3 4

辦公室

芽美老師也很負責任呢！

不過我好像聽錯了，因為我把作業簿撕下來找她了。

辦公室

54

成語小學堂

北宋「二程」

　　程顥、程頤兄弟，世稱「二程」。「二程」自幼熟讀聖賢之書，十五、六歲時，從師於理學創始人周敦頤。宋神宗趙頊時，建立了自己的理學體系。

　　程頤年輕時在太學一舉成名，二十多歲就開始收門生，教授儒學。後來，兄弟二人終於成為一代儒學大師，受到各地士人的尊崇，紛紛拜師門下。兩人不僅竭盡全力傳道授業，還開創自己的學派。由於兄弟二人長期講學於洛陽，因此開創的學派被稱為「洛學」，在中國學術思想史上具有重大的影響。不過，「二程」的理論也有一些迂腐守舊的思想，例如宣揚封建倫理道德、反對婦女改嫁、宣稱「餓死事小，失節事大」等，對後世社會倫理觀念影響極大。後來，「二程」的理論被南宋朱熹等理學家繼承發展，形成「程朱學派」。

負荊請罪

戰國的時候,趙國有個著名的謀士叫藺相如,因為完璧歸趙和在澠池會上立下大功,被趙王提拔為上卿。趙國大將廉頗對此憤憤不平,逢人便說:「藺相如有什麼本事?還不是全靠一張嘴,等我哪天遇到他,一定要羞辱他。」藺相如聽說這件事以後便刻意躲著廉頗,常常以生病為理由不參加朝會,在路上遠遠的看到廉頗,藺相如也要車夫先把車拉開躲在一旁。藺相如的門客氣不過,說:「您和廉頗都位居高位,為什麼要怕他?」藺相如說:「我不是怕廉頗。隔壁秦國為什麼怕趙國?就是因為有廉頗和我在趙國,如果我們兩個人不和,就給了別人機會。兩虎相爭,必有一傷,為了趙國的發展,我不能和廉頗將軍起衝突。」廉頗聽到藺相如這番話後非常慚愧,認為自己心胸太狹窄了,為了表達愧疚之情,廉頗光著上身、背上荊條,來到藺相如家請罪,兩個人後來成為很好的朋友。

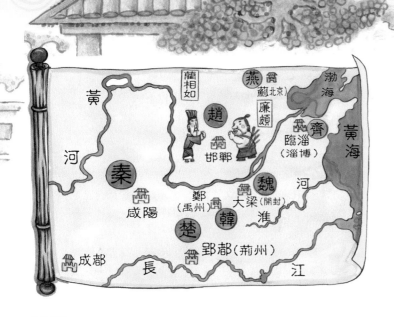

邯鄲：趙國都城，位於今中國河北省邯鄲市。

❶迷途知返　❷緣木求魚

成語小字典

【解　釋】　背著荊條，前往對方居所自請責罰。後比喻主動向對方承認錯誤，請求責罰和原諒。

【出　處】　西漢・司馬遷《史記・廉頗藺相如傳》

【相似詞】　引咎自責、肉袒牽羊

【相反詞】　興師問罪、文過飾非

成語接龍

負荊請罪→罪有應得→得心應手→手足情深→深入人心→心靈手巧→巧立名目→目不暇接→接二連三→三心二意→意氣風發→發揚光大

昨天我向我媽媽負荊請罪了。

你又做錯什麼事了？

我答應媽媽期中考試要考 100 分，結果只考了 98 分。

已經很不錯了。

1 2
3 4

媽媽還是不原諒我，罰我不能打電動。

你媽媽真是個追求完美的人，差 2 分都不行。

我是兩科加起來 98 分。

負荊請罪之後的廉頗和藺相如

戰國後期，秦軍與趙軍在長平對陣，趙孝成王派廉頗率兵攻打秦軍，秦軍打敗趙軍幾次後，善於防守的廉頗決定改變策略，堅守營壘不出戰。秦軍屢次挑戰，廉頗都置之不理。後來，秦軍間諜散布謠言說：「秦軍不怕廉頗，只怕馬服君趙奢的兒子趙括來做大將軍。」趙孝成王聽信謠言，想以趙括為將軍，取代廉頗。

藺相如說：「趙括只會讀他父親留下的兵書，不懂得靈活應變。」趙孝成王不聽，還是任命趙括為將軍。結果趙括慘敗，趙國幾乎滅亡，藺相如憂憤而死。

趙悼襄王即位後，聽信奸臣郭開的讒言，解除了廉頗的軍職，於是廉頗選擇投靠魏國。他到了魏國之後，卻因為他曾是趙國的大將，魏國國君對他不放心，沒有用武之地。西元前 243 年，廉頗去世，沒多久，趙國就被秦國所滅。

高山流水

春秋戰國時期，有一位著名的音樂家叫做俞伯牙，擅長彈奏瑤琴。他的琴技非常高超，可是因為曲調太深奧，很多人都聽不懂。俞伯牙深覺知音難尋，十分苦惱。有一年中秋節的夜晚，俞伯牙乘船在江上遊玩，面對浩瀚的江水和岸邊的高山，他即興彈起琴來，彈到興致正高時，岸邊突然有人叫好，他定睛一看，原來是一位樵夫。俞伯牙請樵夫上船，樵夫自稱鍾子期，很喜歡俞伯牙的琴音。俞伯牙很高興，就為鍾子期彈了一首新創作的曲子，彈到高昂之處，鍾子期說好像看到了巍峨的高山；彈到婉轉之處，鍾子期說像看到了奔騰的江水。俞伯牙興奮極了，對鍾子期說：「你就是我的知音啊！」於是兩人成為很好的朋友，並約定第二年中秋再相見。等到第二年中秋，俞伯牙如約而至，卻沒有等到鍾子期，經打聽才知道鍾子期已經因病去世了。俞伯牙非常悲痛，他在鍾子期的墳前又彈起〈高山流水〉這首曲子，彈完之後，他將琴摔碎，說：「我再也沒有知音了，留著琴做什麼？」從此以後，俞伯牙再也不彈琴了。

❶夸父逐日　❷開門見山

古 琴臺：始建於北宋，位於今中國湖北省武漢市月湖之濱。

成語小字典

【解　釋】　形容樂曲高妙。後比喻知音才懂的音樂。

【出　處】　戰國・列子《列子・湯問》

【相似詞】　陽春白雪

【相反詞】　下里巴人

成語接龍

高山流水→水落石出→出其不意→意想不到→到此為止→止戈散馬→馬耳東風→風花雪月→月黑風高→高抬貴手→手足無措→措手不及→及時行樂

昨天我和毛皮皮下棋，一盤棋下了 40 分鐘都分不出勝負。

下了這麼久啊！

對呀！天都快黑了，我們還坐在那裡一動也不動。

你們這是高山流水，遇到知音了。

1 2

3 4

直到我們都快睡著了。

最後誰贏了？

後來毛皮皮忍不住說：「現在輪到誰下了？」

成語小學堂

中國古典十大名曲

1.〈高山流水〉──伯牙、子期一曲〈高山流水〉覓知音。

2.〈梅花三弄〉──以泛聲演奏為主調，並以同樣曲調在不同徽位上重複三次，故稱「三弄」。

3.〈夕陽簫鼓〉──又名〈潯陽琵琶〉、〈潯陽夜月〉，1923 年改編為絲竹合奏曲，更名為〈春江花月夜〉。

4.〈漢宮秋月〉──崇明派琵琶曲，寫的是宮女幽怨。

5.〈陽春白雪〉──琵琶獨奏古曲，寫的是大地復甦之景象。

6.〈漁樵問答〉──有三十多種版本，表現了漁樵的快樂生活。

7.〈胡笳十八拍〉──根據漢代以來流傳的同名敘事詩譜曲，情緒悲涼。

8.〈廣陵散〉──嵇康因善彈此曲而聞名一時。

9.〈平沙落雁〉──流傳甚廣，藉大雁之遠志，寫逸士之胸懷。

10.〈十面埋伏〉──傳統琵琶曲，表現兩軍決戰的緊張情景。

當壚ㄌㄨˊ賣酒

漢朝有個人叫司馬相如，長得一表人才，而且才華洋溢，可惜家道中落，一直不得志。有一年，臨邛的大富豪卓王孫請司馬相如吃飯，司馬相如很早之前就聽說卓王孫的女兒卓文君是位才女，擅長音樂、長相清秀，於是欣然前往。卓文君也早就聽說司馬相如滿腹才學，非常仰慕他，便偷偷躲在屏風後面，觀察前來赴宴的司馬相如，恰巧被司馬相如看到，兩人一見鍾情。司馬相如當場彈奏一首〈鳳求凰〉，表達自己的愛慕之情，但是卓王孫嫌司馬相如貧窮，不想將女兒嫁給他。兩人不顧家人反對，開了一間小酒館，司馬相如既當廚師又當夥計，卓文君則坐在櫃檯前賣酒，生活雖然貧苦，卻其樂融融。

過了幾年，皇帝聽說司馬相如很有才華，想請他去京城當官。司馬相如臨走前，卓文君對他說：「你當官後，不要忘記我們一起當街賣酒的日子啊！」司馬相如回答：「我不會忘記我們一起吃苦的日子。」後來，卓王孫知道後，將卓文君接回家裡。不久，司馬相如也回來找卓文君團聚，一家人過著幸福的生活。

臨邛：漢代縣名，位於今中國四川省邛崍市。

❶❷

❶鐵杵磨成 針 ❷鎩羽而歸

成語小字典

【解　釋】　指臨街賣酒。

【出　處】　西漢・司馬遷《史記・司馬相如傳》

【相似詞】　當家立事

成語接龍

當壚賣酒→酒足飯飽→飽食終日→日理萬機→機不可失→失而復得→得心應手→手忙腳亂→亂世之秋→秋高氣爽→爽然若失

昨天我們班舉行義賣活動，同學們把自己不用的東西拿來賣，賺來的錢捐給貧困家庭！

好有愛心喔！

有舊玩具、舊書籍、舊文具、舊書包等，就在教室前的走廊上擺攤。

同學們都學卓文君當壚賣酒啦！

1 2

3 4

可是我的東西到最後都沒人買。

你賣的是什麼東西啊？

舊月曆

201X年

1 恭賀新春

巷坊街

酒

成語小學堂

臨邛古城

　　邛崍，舊稱臨邛古城，是巴蜀最早的四大古城之一，有兩千三百多年的建城史，因卓文君和司馬相如的愛情故事為人們熟知。至於築城時間，據史料記載，秦惠文王更元九年（西元前 316 年）滅蜀以後，由於政治和軍事需要，在蜀地修築城堡，臨邛、成都、郫縣、江州（今屬重慶市）四地土壤肥沃、地當要衝，故秦惠文王於更元十四年（西元前 311 年）派蜀守張若修建四城（一說張儀亦參與修築事宜），其中臨邛「城周回六里，高五丈。造作下倉，上皆有屋，而置觀樓射欄」。因臨近邛族聚居地，故取名臨邛。臨邛城商店林立，規模較大，城址在今邛崍臨邛鎮。臨邛發達的經濟造就了璀璨的文化，西漢時，有著名儒學家胡安在鶴山講學，星象學家嚴君平窮究《周易》，臨邛才女卓文君與司馬相如琴音相通的佳話傳千古。三國時期，蜀漢丞相諸葛亮經此南征，成就撫定西南之功業。

毛遂自薦

戰國的時候，秦國攻打趙國，眼看就要攻破趙國的國都了，於是趙王命令平原君前往楚國求援。平原君家裡養了很多門客，平常沒事的時候陪他下棋、打獵，有事的時候就幫他辦事或想辦法。因為這次去楚國求援事關重大，平原君準備挑選幾個有本事的門客隨行，但是卻找不到合適的人選。這時，一位叫做毛遂的年輕人站出來說：「我推薦一個人，肯定適合。」他平常沒有顯露出才能，因此平原君讓他做門衛，負責發送信件、整理書籍。聽見毛遂這麼說，平原君問：「你推薦的人是誰？」毛遂說：「就是我！」眾人哄堂大笑，心想：一個小小的門衛也敢自薦出使楚國，真是自不量力！毛遂承諾此行一定不辱使命，加上實在沒有別的人選，平原君只好帶著毛遂來到楚國。一開始，楚國國君並不想援救趙國，毛遂便在楚王面前分析利害關係，最終楚王被打動，出兵援助趙國對抗秦國。而毛遂也讓大家對他刮目相看，平原君因此待他為上賓。

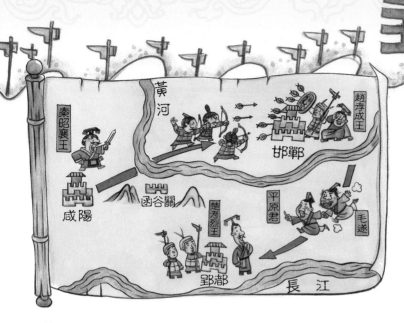

郢_{ㄧㄥˇ}都：春秋戰國時期楚國國都，位於今中國湖北省荊州市。

❶ 雞飛狗跳　❷ 甕中捉鱉

成語小字典

【解　釋】　戰國時，平原君之門下食客毛遂自薦跟隨前往楚國遊說。後比喻自告奮勇，自我推薦。

【出　處】　西漢・司馬遷《史記・平原君虞卿傳》

【相似詞】　自告奮勇

【相反詞】　推三阻四、裹足不前

成語接龍

毛遂自薦→薦賢舉能→能者多勞→勞師動眾→眾志成城→城門失火，殃及池魚→魚貫而出→出其不意→意味深長→長袖善舞→舞文弄墨→墨守成規

我們班要成立一支足球隊，請大家推薦人選。

芽美老師，我想當守門員。

大壯，你這是毛遂自薦啊！

1 2

3 4

可是你不太靈活，恐怕當不了守門員。

為了班級榮譽，我只好挺身而出了。

我健壯的身體往球門前一站，別說球了，連隻老鼠都過不去。

戰國時期的門客

　　春秋戰國時期，由於學術文化開放，供養門客成為盛行一時的風氣。

　　那麼，什麼是「門客」？「門客文化」又起源於什麼時候呢？

　　門客是指古代有身分、地位的人所供養的有學問和技能的人，成員非常複雜，有奴隸、貧苦農民、無業平民及沒落貴族。

　　而這些門客要做什麼呢？門客主要作為主人的謀士、保鏢，必要的時候也可能發展成主人的私人軍隊。實際上，他們是貴族子弟為了擴充勢力而招募的人才。

　　供養門客最著名的當屬「戰國四公子」，其中，齊國的孟嘗君是招攬門客人數最多的，據說超過三千人。而鼎鼎有名的毛遂和馮諼就是這些門客的代表，毛遂自薦、狡兔三窟、雞鳴狗盜、脫穎而出等成語的典故就出自這些人。

孟母三遷

　　孟子是戰國時期有名的大學問家，但是他年少時卻非常調皮，經常模仿他人的行為。孟子小時候和母親住在一座公墓旁邊，那裡經常有人來掃墓，孟子就學他們跪拜、哭嚎，玩起喪事遊戲。孟母認為住在這種地方不利於孟子成長，就搬家了。後來他們搬到一個菜市場旁邊，孟子又在這裡學大人做生意的樣子，孟母覺得住在這裡的孩子學不到好的品性和知識，於是他們再次搬家。這一次，他們搬到一所學校附近，天天都能聽到教室裡發出琅琅的讀書聲，孟子也跟著誦念，孟母這才放心。從此，孟子開始專心學習知識。

鄒縣：今中國山東省鄒城市，孟子的出生地。

成語小字典

【解　釋】　形容家長為教育子女，選擇良好的學習環境所花的苦心。

【出　處】　西漢・劉向《古列女傳・母儀》

【相似詞】　擇鄰而居、孟母擇鄰

① 頂天立地　② 兵臨城下

成語接龍

孟母三遷→遷延時日→日久天長→長生不老→老當益壯→壯志凌雲→雲開霧散→散馬休牛→牛之一毛→毛手毛腳→腳踏實地→地大物博

爆笑成語

我這學期已經換三次座位了，每次都更接近講臺。

是因為視力不好嗎？

芽美老師說是為了我的學業才幫我換的。

芽美老師真是有孟母三遷的精神。

可是換完以後，我的成績沒進步，反而體重下降了。

為什麼？

因為換到前面之後，我再也不敢偷吃零食了。

‥‥‥‥

74

孟母教子故事兩則

買肉啖_{ㄉㄢ}子

孟子年少時，有一次鄰居殺豬，孟子問他的母親說：「鄰居為什麼要殺豬？」孟母說：「要讓你吃肉。」孟母後來後悔了，說：「我懷著這個孩子時，蓆子擺得不正，我不坐；肉割得不正，我不吃，這都是對他（孟子）的胎教。現在他剛剛懂事，我卻欺騙他，這是在教他不講信用啊！」於是孟母買了鄰居的豬肉給孟子吃，證明她沒有說謊。

孟母不僅重視環境對孟子的影響，還十分注重言傳身教，「買肉啖子」的故事，講的就是孟母如何以自己的言行對孟子施以誠實不欺的品德教育。

孟母斷機

孟子的母親在丈夫死後，和兒子相依為命，為了兒子的教育，她曾經搬家三次（孟母三遷）。等到孟子的年紀稍長，卻經常翹課。有一天，孟子很早就回家了，當時孟母正在織布。孟母看見他，便問：「讀書學習是為了什麼？」孟子說：「為了自己。」孟母非常生氣，割斷織布機上的布，說：「你荒廢學業，就像我割斷這織布機上的布。」孟母是想告訴孟子，學習就像織布，如果在中途放棄，不能持之以恆，就無法學有所成。從此，孟子勤學苦讀，後來成為著名的思想家。

項莊舞劍，意在沛公

秦朝末年，主要有兩支起義軍，分別以項羽和劉邦為首。後來，劉邦率先攻破了秦朝都城咸陽，按照當時的約定，劉邦應該稱王。項羽很生氣，他認為劉邦出身低下，不應該當王，準備找機會殺了劉邦。

項羽有一個親戚叫項伯，和劉邦的屬下張良十分友好，便將項羽的想法告訴張良。後來，劉邦聽從張良的建議，帶著屬下去向項羽賠罪。項羽在鴻門請劉邦吃飯，劉邦又是奉承又是送禮，項羽很高興，改變心意，不想殺劉邦了。這時，項羽的軍師范增很著急，他讓項羽的弟弟項莊在宴會上舞劍助興，想藉機殺掉劉邦。項伯看出項莊舞劍真正的目的是刺殺沛公，也就是劉邦，於是也裝作舞劍，擋在劉邦前面。直到劉邦的手下張良和樊噲闖到宴會上質問項羽，項羽見事跡敗露，趕緊解釋。劉邦則趁機逃離，回到自己的軍營。

鴻門：古地名，位於今中國西安市臨潼區東五千公尺的鴻門堡村。由於雨水沖刷形似鴻溝，其北端出口形狀似門，故稱「鴻門」。

❶ 鼠尾貂頭　❷ 大頭有臉

成語小字典

【解　釋】　秦朝末年，項羽在鴻門宴請劉邦時，項莊藉表演舞劍想刺殺劉邦。後指在表面事物之下隱藏了另外的意圖。

【出　處】　西漢・司馬遷《史記・項羽本紀》

【相似詞】　暗渡陳倉、聲東擊西、
　　　　　　醉翁之意不在酒

成語接龍

項莊舞劍，意在沛公→公報私仇→仇人相見，分外眼紅→紅白喜事→事倍功半→半途而廢→廢寢忘食→食古不化→化為烏有→有目共睹→睹物思人

1 2

3 4

楚河漢界的由來

象棋裡的楚河漢界源於楚漢之爭，且象棋中的很多規則也是源自楚漢之爭。

根據歷史記載，楚河漢界是在古代豫州滎ㄒㄧㄥ陽成皋ㄍㄠ一帶，它北臨黃河，西依邙ㄇㄤ山，東連平原，南接嵩山，是歷代兵家必爭之地。

楚漢相爭時，劉邦和項羽僅在滎陽一帶就爆發了「大戰七十，小戰四十」。後來，雙方相約以廣武山鴻溝為界，中分天下，「鴻溝而西者為漢，鴻溝而東者為楚」，鴻溝便成為楚漢的邊界，也就有了楚河漢界的說法。現在鴻溝兩邊還有當年兩軍對壘的城址，東邊是霸王城，西邊是漢王城。

楚河漢界能流傳至今，要感謝中國的象棋。從棋盤的格式上來看，楚河漢界兩邊分別是九條直線、五條橫線。九，在數字上為最大；五，在數字中處於中間，豎九橫五組合成「九五」至尊，代表皇權至上。兩邊擺上棋子之後，形成的黑紅相峙、相爭，正好重現了楚、漢爭奪天下的歷史面貌。

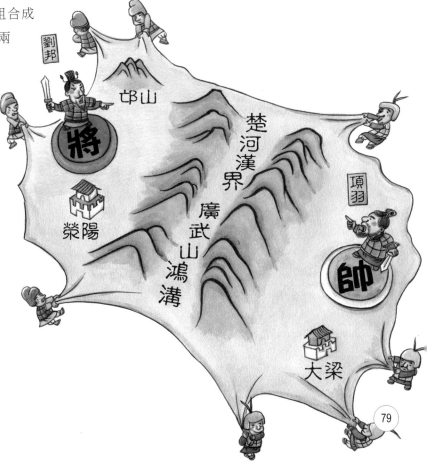

萬事俱備，只欠東風

東漢末年，曹操率領大軍攻打東吳，此時東吳和蜀漢已經結成同盟，吳軍都督周瑜和蜀漢丞相諸葛亮決定使用火攻抵禦曹操。周瑜先使用反間計，讓曹操誤殺自己的水軍司令蔡瑁、張允。然後，使用連環計騙曹軍把所有戰船連接在一起，這樣火攻時曹軍的船就不方便撤離。最後，使用苦肉計讓黃蓋詐降，見機行事。做好準備後，就等戰事開始了。這天，周瑜正在視察軍隊，突然颳來一陣風，周瑜當場昏倒，軍士們都以為周瑜得了大病，十分慌張。其實，周瑜是得了心病，因為火攻必須借助風力，而曹軍在北岸，必須有東南風才能辦到，可是現在是冬季，只有西北風，沒有東南風。諸葛亮聽說周瑜病了，前來看望周瑜，並寫了一個藥方，聲稱可以治好周瑜的病，上面寫道：「欲破曹公，宜用火攻；萬事俱備，只欠東風。」諸葛亮說他可以借來東南風，請周瑜做好開戰準備。後來，諸葛亮果然「借」來了東南風，打敗曹操。

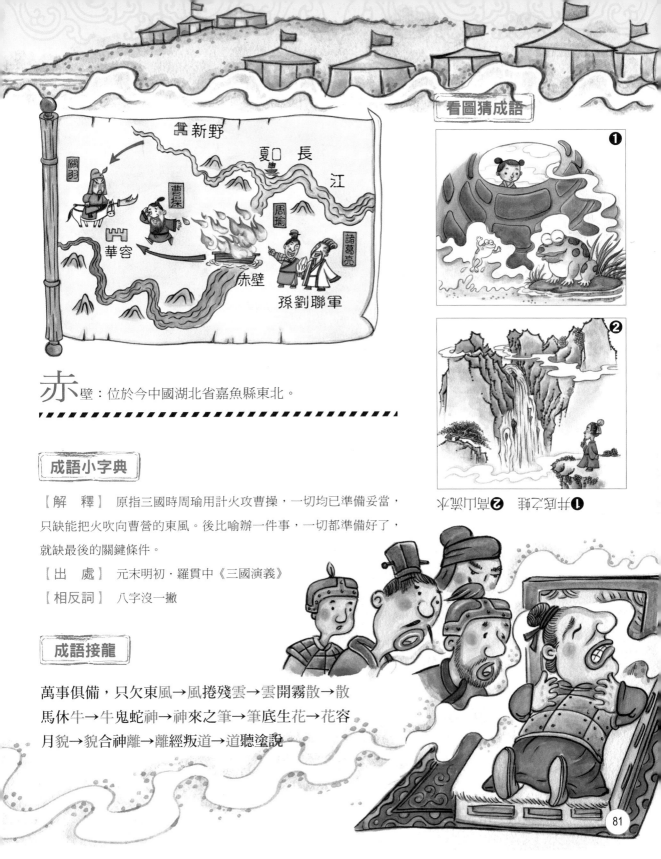

赤壁：位於今中國湖北省嘉魚縣東北。

成語小字典

【解　釋】　原指三國時周瑜用計火攻曹操，一切均已準備妥當，只缺能把火吹向曹營的東風。後比喻辦一件事，一切都準備好了，就缺最後的關鍵條件。

【出　處】　元末明初·羅貫中《三國演義》

【相反詞】　八字沒一撇

成語接龍

萬事俱備，只欠東風→風捲殘雲→雲開霧散→散馬休牛→牛鬼蛇神→神來之筆→筆底生花→花容月貌→貌合神離→離經叛道→道聽塗說

❶井底之蛙　❷高山流水

媽媽，我決定今天晚上要複習功課。

真是努力的好孩子啊！

課本、考卷、字典、坐墊、抱枕、橘子汽水、水果、文具，一切都準備好了。

難道是要熬夜念書嗎？

1 2

3 4

還有一個最關鍵的東西沒準備好。

萬事俱備，只欠東風，是什麼呢？

你再幫我買一個特大的雙層漢堡。

成語小學堂

赤壁之戰

　　赤壁之戰是中國古代的著名戰役，是以弱勝強、以少勝多的範例，可謂家喻戶曉。它也是中國歷史上第一次在長江流域進行的大規模江河作戰，代表中國軍事政治中心不再僅限於黃河流域。

　　西元 208 年的赤壁之戰，是曹操和孫權、劉備聯軍的一場戰略會戰，最終孫劉聯軍以火攻大破曹軍，曹操北回，孫劉雙方各自奪去荊州的一部分。此戰為三國鼎立的局面奠定了基礎。

　　在這場戰爭中，處於劣勢的孫劉聯軍，面對總兵力達二十餘萬的曹軍，正確分析形勢，採取密切聯合、以長擊短、以火佐攻、乘勝追擊的作戰策略，打得曹軍丟盔棄甲，狼狽竄北，使曹操奪得天下的雄心就此付諸東流。而曹操在有利形勢下，自負輕敵，終致戰敗。

圖窮匕ㄅ一ˇ見ㄒ一ㄢˋ

戰國末期，秦國吞併了幾個國家後，準備進攻燕國。燕太子丹自知不是秦國的對手，準備擒賊先擒王，派人暗殺秦王嬴政。他四處尋找，找到一名叫做荊軻的劍客，還找了一位名叫秦舞陽的年輕勇士協助荊軻。為了得到秦王的信任，荊軻準備了兩樣秦王想要的東西：一樣是秦國的叛徒樊於期的首級，另一樣是燕國督亢地區的地圖，表示要將這個地區獻給秦王。而荊軻在地圖中藏了一把鋒利的匕首，準備見機行事。

等到朝見秦王的那天，秦舞陽還沒走上大殿臺階，就被秦王的威嚴嚇得不敢動彈，荊軻只好一個人上前。荊軻走到秦王面前，先是獻上樊於期的首級，然後慢慢打開地圖。秦王的目光完全被地圖吸引，當地圖展開後，藏於其中的匕首露了出來，荊軻立刻抓起匕首刺向秦王，卻被秦王躲過。秦王繞著柱子跑，荊軻緊追在後，這時秦王的侍從反應過來，打倒荊軻，最後士兵們一擁而上，將荊軻殺死。

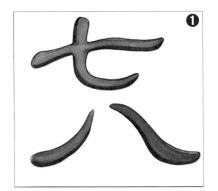

燕 國：中國先秦諸侯國，戰國七雄之一。都城在薊ㄐㄧˋ（今中國北京城區西南），早期的疆域包括今中國北京地區和遼寧大凌河流域。

成語小字典

【解　釋】　指戰國時荊軻欲刺秦始皇，藏匕首於地圖中，地圖打開至盡頭時，露出匕首。後比喻事情發展到最後，形跡敗露，現出真相。

【出　處】　《戰國策・燕策三》

【相似詞】　原形畢露、水落石出、東窗事發

【相反詞】　撲朔迷離

❶ㄅㄞˊㄌㄧㄝ　❷旗開得勝

成語接龍

圖窮匕見→見機行事→事不過三→三心二意→意氣風發→發揚光大→大張旗鼓→鼓樂喧天→天長日久→久別重逢→逢凶化吉→吉星高照

燕國督亢地區在哪裡？

在「荊軻刺秦王」的故事裡，有一個重要的物品，就是燕國獻給秦國的「督亢地圖」，荊軻就是將匕首藏在裡面進行刺殺行動。那麼，督亢地區在哪裡呢？

督亢地區是戰國時期燕國較富庶的地區，今中國河北省涿州市東南方有一個地方叫做督亢陂，其附近定興、新城、固安等縣一帶的平坦地區，即為燕國督亢地區。

南北朝《史記集解》說「方城縣有督亢亭」。唐代司馬貞《史記索隱》指出燕國督亢地區在「廣陽國薊縣（今薊州區）」。唐代張守節《史記正義》提出「督亢坡在幽州范陽縣東南十里，今固安縣南有督亢陌」。《遼史·地理志》則說「自雄州白溝驛渡河，四十里至新城縣（今高碑店市），古督亢亭之地」。以上書籍所說的「督亢亭」、「督亢陌」、「督亢坡」都是指地理上的某個點，不過詳略有別。

但是，《隋書·食貨志》說到「開幽州督亢舊陂」時，指的是水利工程。唐朝杜佑《通典·食貨典》說得更具體，「范陽郡有舊督亢渠，徑五十里」。

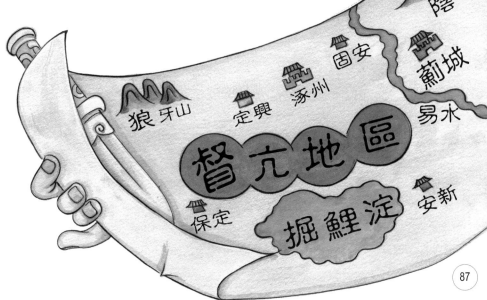

孺子可教

張良刺殺秦始皇沒有成功，只好隱姓埋名到下邳避難。有一天，他在橋上散步，遇到一位穿著粗布短衣的老人，老人打量張良很久，然後把他的鞋丟到橋下，說道：「小夥子，去把我的鞋撿上來。」張良滿心不願意，但是看到老人年紀很大，便忍住火氣，到橋下把鞋撿起來，然後恭敬的幫老人穿上。老人很滿意，對張良說：「五天以後的早上到這裡來見我。」張良趕忙答應。過了五天，張良一大早就來到橋邊，卻看見老人早已在那裡等著。老人生氣的說：「你來晚了，五天以後再來！」過了五天，張良比上次更早來到橋邊，沒想到老人又等在那裡，他說：「你又來晚了，過五天再來！」又過了五天，這次張良半夜就到橋邊，等了一會兒老人也來了。老人高興的說：「你這孩子不錯，孺子可教也。」接著，他拿出一本書，說：「這是失傳很久的《太公六韜》，你要好好閱讀，將來可以成為國家的棟梁。」張良拜謝老人，回家以後苦讀此書，後來成為漢高祖劉邦的第一謀士。

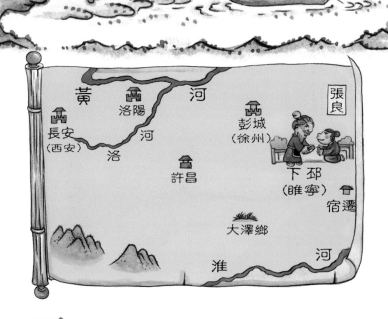

下 邳：秦縣名，位於今中國江蘇省睢寧縣西北。

成語小字典

【解　釋】 指年輕人可以教誨栽培，用以稱許之意。
【出　處】 西漢·司馬遷《史記·留侯世家》
【相似詞】 可塑之才
【相反詞】 朽木不雕、不堪造就、朽木糞土

❶孺子可教 ❷石沉大海

成語接龍

孺子可教→教子有方→方寸之地→地大物博→博
採眾長→長年累月→月黑風高→高山流水→水到
渠成→成千上萬→萬紫千紅→紅日三竿

89

昨天考數學，我交了白卷，可是芽美老師居然還給我 15 分。

芽美老師一定是搞錯了。

後來我告訴芽美老師，她說我很誠實，還說我孺子可教。

這是在誇你呢！

1 2
3 4

可是最後還是沒有幫我改分數。

為什麼呢？

芽美老師說這是考卷整潔的送分！

中國古典軍事著作——《太公兵法》

《太公兵法》又稱《太公六韜》、《六韜》，是中國重要的軍事文化遺產，其內容博大精深，邏輯縝密嚴謹，展現中國古代軍事思想的精華。

最早明確收錄此書的是《隋書·經籍志》，題為「周文王師姜望撰」，姜望即姜太公呂望。但是自宋代以來，不斷有人對此提出質疑，其實，此說法為後人偽託，真實作者已不可考。該書內容十分廣泛，有關戰爭的各方面問題幾乎都涉及了，其中最精彩的部分是戰略論和戰術論。

《太公兵法》強調指揮專一、因情用兵、速戰速決，對後世頗有影響，受到國內外重視。

雞鳴狗盜

戰國的時候，齊國的孟嘗君率領使團出使秦國，並送給秦王一件珍貴的白色狐皮大衣。秦王久聞孟嘗君的名聲，想把他留在秦國當宰相，但因大臣反對而打消念頭，又怕孟嘗君回國後會報復，秦王便軟禁孟嘗君一行人，準備殺了孟嘗君。孟嘗君只好請求秦王的寵妃幫忙向秦王說情，寵妃答應了，條件是她也要一件價值千金的白色狐皮大衣。不過，唯一的一件大衣已經獻給了秦王，於是與孟嘗君同行的一位門客就趁著夜深人靜溜進王宮，偷走了那件大衣，寵妃得到大衣後就說服秦王放了孟嘗君等人。孟嘗君一出城，立刻奔往齊國。當他們來到函谷關時正值半夜，城門關閉，必須等到雞鳴才能開城門。正好孟嘗君的另一位門客會學雞叫，他一叫，全城所有的雞也跟著叫了起來。守城的士兵以為天亮了，便打開城門放他們出去。等到秦王後悔，派出的追兵到達時，孟嘗君早已逃回齊國。

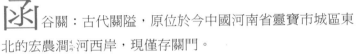

❶輕如鴻毛　❷如花似玉

函谷關：古代關隘，原位於今中國河南省靈寶市城區東北的宏農澗ᵗ河西岸，現僅存關門。

【成語小字典】

【解　釋】 戰國時秦昭王囚孟嘗君，打算加以殺害，孟嘗君得門客雞鳴狗盜的技能協助，得以脫難。後比喻有某種卑下技能的人，或指卑微的技能。亦用於形容卑劣低下的人或事。

【出　處】 西漢・司馬遷《史記・孟嘗君傳》

【相似詞】 旁門左道、鼠竊狗偷

【成語接龍】

雞鳴狗盜→盜亦有道→道骨仙風→風調雨順→順手牽羊→羊入虎口→口是心非→非驢非馬→馬放南山→山窮水盡→盡善盡美

爆笑成語

今天的表演課，我們模擬一個人幫寵物餵食、一個人幫寵物洗澡、一個人陪寵物玩，大家可以選角色。

表演課

毛皮皮，你要演什麼？

報告老師，我選好了。

1 2

3 4

老師，你說的這幾個都是雞鳴狗盜的小角色，不適合我表演。

那你要演什麼？

我要演寵物。

成語小學堂

中國著名雄關——函谷關

函谷關曾是戰馬嘶鳴的古戰場，與「一夫當關，萬夫莫開」的劍門關同為中國古代的重要關隘。中國古代思想家、哲學家老子曾於此著述《道德經》，千百年來，眾多海內外道家、道教人士都到這裡朝聖祭祖。

函谷關原位於中國河南省靈寶市城區東北方的宏農澗河西岸，東起崤山，西至潼津，關城在谷中，山谷深險如函，故名。漢武帝時，將關往東移至新安縣境內，稱函谷新關，原關稱函谷故關。

函谷關西據高原，東臨絕澗，南接秦嶺，北塞黃河，是中國最早建置的雄關要塞。它是東去洛陽、西達長安的咽喉，素有「天開函谷壯關中，萬古驚塵向此空」、「雙峰高聳大河旁，自古函谷一戰場」之說，自古為兵家必爭之地。函谷關不僅是軍事重地，還是古代中原腹地與西北地方文化、經濟交流的要點。圍繞著這座重關名城，流傳著「紫氣東來」、「雞鳴狗盜」、「公孫白馬」、「玄宗改元」等歷史故事和傳說。

國家圖書館出版品預行編目（CIP）資料

哇！成語原來很有趣 2 歷史故事篇 / 鄭軍作；
鍾健、蘆江繪 . -- 初版 . -- 新北市：大眾國際書局
股份有限公司 大邑文化，西元 2023.09
96 面；19x23 公分 . --（知識王 ；7）

ISBN 978-626-7258-33-0（平裝）

802.1839   112009177

知識王 CEE007

哇！成語原來很有趣 2 歷史故事篇

作　　　者	鄭軍
繪　　　者	鍾健、蘆江

總　編　輯	楊欣倫
副　主　編	徐淑惠
執　行　編　輯	李厚錡
封　面　設　計	張雅慧
排　版　公　司	芊喜資訊有限公司
行　銷　業　務	楊毓群、許予璇

出　版　發　行	大眾國際書局股份有限公司 大邑文化
地　　　址	22069 新北市板橋區三民路二段 37 號 16 樓之 1
電　　　話	02-2961-5808（代表號）
傳　　　真	02-2961-6488
信　　　箱	service@popularworld.com
大邑文化 FB 粉絲團	http://www.facebook.com/polispresstw

總　經　銷	聯合發行股份有限公司
	電話　02-2917-8022　　傳真　02-2915-7212

法　律　顧　問	葉繼升律師
初　版　一　刷	西元 2023 年 9 月
定　　　價	新臺幣 300 元
I　S　B　N	978-626-7258-33-0

※ 版權所有　侵害必究
※ 本書如有缺頁或破損，請寄回更換
Printed in Taiwan

本作品中文繁體版通過成都天鳶文化傳播有限公司代理，經成都地圖出版社有限公司授予大
眾國際書局股份有限公司獨家出版發行及銷售，非經書面同意，不得以任何形式，任意重製
轉載。